在那個年代

舒 冲 著

在时间的黑洞里，在奄奄一息的良知前，我们听到了诗歌的声音。

上海三联书店

目 录

给时间的一个惊喜 / 1
@大舒舒 / 5
舒冲印象 / 7
像个孩子 / 9
大家眼中的舒冲 / 12

在那个年代 / 15
我没有去河畔 / 19
画上去的叶子 / 21
64　65　66 / 23
我们都可能只是别人的沙 / 26
醒来 / 28
抚摸 / 30
向差点忘记了的名字致敬 / 31

我还在等最好的时代 / 33
错过 / 35
最后还是坐到了最后 / 36
等不到天亮了 / 38
可以燎原可以活埋 / 40
毁人不倦 / 42
我们都是旁观者 / 44
爬出井底的蛙 / 46
诗歌还一息尚存的夜晚 / 48
倒仓 / 50
青春冗长 / 52
寒蝉出没 / 54
不然呢 / 56
我的安危不如你的冷暖 / 58
我不是农夫 / 60
见面如字 / 62
永远地失去 / 64
身无分文 / 66
趁天黑得什么也看不清 / 68
你真的回来过吗 / 70
他人的地狱 / 72
八宝辣酱 / 74
当你无助 / 76

一意孤行的人们 / 78
立夏 / 80
他乡 / 82
你为我出发 / 84
困于浅滩 / 85
困顿 / 87
残垣与掩体的一唱三叹 / 89
一刻不停地让自己说话 / 91
老去的少年 / 93
我们对着孩子说那些没用的话 / 95
够了吗 / 97
难得可以休息的夜却总是无聊 / 99
水银泻地 / 101
一叶一页 / 103
那该多好 / 105
七夕一江水 / 107
平安无事 / 109
山河纪念日 / 111
能爱上的只剩下秋天了 / 113
大地再也无法点燃 / 115
帷幔 / 117
不是广告不是诗 / 119
宿醉的精油 / 121

梦话两则 / 123
呼天抢地 / 125
等到天明 / 127
秋天的马拉松 / 129
落荒而逃的岁月 / 131
我快要落叶了 / 132
破晓前的微熹 / 134
发光体 / 136
泰山鸿毛 / 138
对自己的付诸一笑 / 140
问谁好呢 / 142
就此别过　不再谋面 / 144
不是还不知道呢吗 / 146
黑夜不会因此而有丝毫缩短 / 148
剧透 / 150
玩笑与笑话 / 152
一首或外三首 / 154
微凉的滚烫 / 156
诗人还在(之一) / 158
诗人还在(之二) / 159
诗人还在(之三) / 161
时间是个巨大的黑洞 / 163
时光重现 / 164

彼此的绝响 / 165
你是自由的 / 166
我不要这样的世界 / 167
我走进你的身体 / 168
天知道云还会不会起 / 169
爱从来自由 / 171
无声无息地爱你 / 173
选择性失忆 / 175
说着唱着天终于亮了 / 177
无关很快就被人遗忘的"梅超风" / 179
原来你如此爱我 / 181
失眠的理由 / 182
早安黑夜 / 184
天气终于晴好 / 186
大限将至 / 188
大限将至(二)——将至未至 / 190
大限将至(三)——还是未至 / 192
大限将至(四)——否极泰来 / 194
长夜刚付了起步费 / 196
失控 / 198
页面缓存 / 200
我们仍然应该相爱 / 202
一骑绝尘 / 204

一如少年 / 206
一泻如注 / 208
咫尺天涯 / 210
绝非斯里兰卡旅游广告 / 211
临幸 / 213
低烧 / 215
贪心 / 217
求求你吞噬了我吧 / 219
若无其事 / 221
这就对了 / 223
淡忘的速度 / 225
终将重来 / 226
不了了之 / 228
集体断片 / 230
哪里都是故乡 / 232
我们还要苦那么久 / 234
最好让我自己来写完今生 / 236
相对 / 238
拼贴小品 / 239
反季节 / 241
直视 / 243
那里是天际吗 / 245
只能把眼睛睁得更大 / 247

说 / 249
如果突然 / 251
好吗 / 253
释然开怀 / 255
不明白清明 / 257
数字 / 259
话　切换　各种色 / 260
照片 / 262
幻听 / 264
我还是什么都看得见 / 266
太久 / 268
了然还是杳然 / 270
九月 / 272
蔼 / 274
南非南非 / 276
无以复加的沉溺 / 278
自以为好长的一觉 / 280
一切都不是我们的 / 282
奄奄一息的良知 / 283
孤独的大床 / 284
下一个受伤的方式 / 285
心就是拿来碎的 / 287
未来的未来 / 289

就这么坐着眯了半晚 / 290
写诗的时刻我是自由的 / 292
重大消息 / 294
朗朗乾坤 / 296
外三十三首 / 298
你信不信 / 300
情到深处惟伤感 / 302
自愈 / 304
围脖综合征 / 305
谁是谁的谁 / 307
终于 / 308
一个人的 / 310
我并不指望成为你的唯一 / 312
死不了 / 314
最后的梦田 / 316
到底要怎样 / 318
我知道 / 320
但我依然会在黎明前歌唱 / 322
给孩子的生日歌 / 324
给你的 / 326
让我为你彻夜回响 / 328
戛然而止的冬天 / 330
不要让我看不到你 / 332

时光 / 333
最后 / 335
蔓 / 337
无法 / 339
再见夏天 / 341
依然是从前 / 343
晚睡早起流泪微笑 / 345
表情 / 347
是这样的 / 349
一掷孤注 / 351
总有人 / 352
让关山飞渡 / 353
青春永不散场 / 354
所有的少年都还来不及老去 / 356

给时间的一个惊喜

古　冈

去年的一次聚会上，结识了大舒舒。别人叫他大舒，我想，年纪不大，精力充沛，为何叫大叔呢？原来舒冲是他的名字，此“舒”非彼“叔”。后来一起吃饭、聊天，感受到了他待人的热情、对友谊的珍惜和饱满的激情。他就好像一座随时会喷发的火山，眼下读到的这些诗和歌，便是他生命中层叠的火山岩层，用他一首诗歌的标题，能准确描绘这本集子的地貌，那就是：时光重现。

这首诗很短，主题也是人之常情，看到这个题目，容易联想到普鲁斯特的追忆似水年华，那靠的是意识流和长句子，挖掘错综复杂的心理断层。而这首简单直白的诗，则诉诸简洁的意念和节奏：

北方的夜

迟迟的来
舒服不如躺着
我怀念的
我以为不会再来的时光
重现

整首诗读下来，节奏一直很平缓，几乎是娓娓道来。在一个北方的夜晚，天空或许繁星密布，显得阔达而敞亮，人往往在那个时候，会倍觉自身的渺小，所谓沧海一粟。此时的苍穹如同头顶的大海，大地上的人们，如过眼烟云。但这种油然而生的困惑和惊悚，随着身体姿势的转换，被巧妙地置换了。站着变成躺着，对未来时光流逝的焦虑，转换成对过去时光的追溯，像心灵的按摩，躯体可以舒服地躺下了。

这时，缓缓的节奏到结尾，忽然来了个转折，至关重要的“重现”被点了出来。都以为过去的一去不复返，没料到“不会再来的时光”，从潜意识的深层浮了上来。是童年，还是过往的一瞥，只要在这北方的天空下，能被召唤回来的一切，均是时光的馈赠。

说到北方，更觉得大舒不像通常意义上的上海人，像北方人，他的豪爽、激越和哥们义气都像。同时，他又不乏南方人的纤细、敏感和感伤。从他的一些诗歌题目可见一斑:“心就是拿来碎的”、“情到深处惟伤感”、“爱断情伤”、“求求你,吞噬了我吧”,这批作品又多涉及情感这个永恒的话题。他几乎是遍体鳞伤地想挣脱爱情,由此折射回去,又强化了爱情的浓度,真可谓欲罢不能,直到要让一切“吞噬”了他。他写下这些,一方面为了说明爱情是一团毁灭的火;另一面,他像一个被虐待狂似的,十分享受这团火焰的烤炙,哪怕皮肤被烧焦,内心的痛滋生出来的却是异样的快感。某种意义上,艺术家都能在虐待和被虐待的范式内审视,无论他们对艺术、对人和世界,都是在一种奇异的冲突中呈现的。

另外有一些诗歌里,大舒没那么伤感,而是直面社会变迁给人的烙印和困顿。比如《在那个年代》里,“在那个年代,彻夜排队买书,就像后来的通宵排队买房”。市场经济体制下,人文知识的匮乏,使得许多有识之士为之感叹。问题的纠结之处在于,有几个人真正愿意回到那个年代,过那样的生活,只为了能排队买到自己喜爱的书?大舒,正如他诗歌中所讲的,自己就是一个“最后的理想主义者”。

一旦我们的观念转向以发展经济为主,利润最大化,就成了社会交往中实际的价值所在。“在那个年代,电影的统计数据,是观众而不是票房”也成了顺理成章的转变,人被物化,这个道理很多哲人早就说过,吊诡的是,我们都身不由己地被全球化裹挟而去。大舒有所不甘，哪怕这种体制下的受益者，只要直面内心感受，都不免若有所失。

这本集子叫《大舒舒的诗与歌》，在宋代，诗词是唱的，古人如何看待诗与歌，与今人迥异。集子里的许多句子洗练，喜用排比，节奏感强，铿锵有力。我想起有一次去淮海路唱歌，大舒似醉非醉，尽情吟唱，那调子何曾相似。曲终人散，我们扶着他，等着叫出租车，耳边却一直回响着歌厅里的旋律，难道“情到深处惟伤感”吗？我想，那天的歌声和这本集子一样，会给时间一个惊喜：“我怀念的/我以为不会再来的时光/重现。”

2014.9.1

@大舒舒

于其多

第一次见舒冲，他醉着，我醒着，湿湿的汗手握谁谁叫痛。

微博上互粉了，发现舒冲是个真正的失眠者。三更半夜，@大舒舒在叫唤："有人醒着么？"

我只是个白昼置换者，从不回应失眠者的招呼，他们大凡纠结、呻吟、牵丝攀藤。一页一页地看他的微博，晓得了他白天的工作，认定了大舒舒实在是个文艺小男孩：社区文化、儿童戏剧、发烧音乐、美食饕餮……小男孩怎么会失眠？！

直到邮箱里发来一本 PDF 版的诗集，恍然大悟，哦，诗人舒冲。

我们看见了琐事将梦想变形，我们体会着长夜将缠绵隐遁，我们知道岁月会让孩子老去，我们也知道，诗，终究被日常嚼碎……

舒冲在失眠的夜里拼贴着碎片，让短诗成集，让梦和想在白天快活，让久而失语的嗓子含着冰片……舒冲：啥时听你唱“梨花又开放”?!

2014.9.2

舒冲印象

张海宁

大舒舒就是舒冲，网上网下的人都知道。看起来他挺愿意做一个群的领导，喜欢被人亲切地唤作大叔叔。

舒冲，他是一个性情中人。舒冲，姓舒名冲，一个冲字，注定他如此风风火火、来去冲冲。除了工作、聚会、旅游、歌唱、娱乐、生活等等，好像没有他不拿手的吧。诗与歌是舒冲表达宣泄的特殊方式，一如其人的滚烫、火热、真知、灼见，还有许久的沉思无眠。

在一个陌生的语境里，舒冲多数是选择先沉默不语。你说他观察也好、感知也罢，也或是预热也行，反正他不会善罢甘休的。等到了那么一个点，舒冲会突然地爆发，连珠炮般的话语一泻千里，句句在理呢。这时候，你可能还没有来得及反应，他又戛然而止了。

舒冲的诗与歌大概也是这样的吧。他的这些简洁、精短的诗作，一贯的热血翻滚、性情勃发，但又有意适可而止，引发横向的宽度、广度及深度。生活在这个动感的时代，我们需要精神的意象，哪怕是片刻的升华。

我觉得舒冲像一块冰，又像一团火。有时候，冰与火纠结难容中又悄悄转换，变成汗，变成泪，变成滔滔不绝的江河水，随即，又变成静默无语的活火山了。

大舒舒的诗与歌，从网上读到网下，都离不开舒冲的那一片真性情。

2014 年 8 月 30 日

像个孩子

王　蕾

你像个孩子似的，码字容易，写你太难。早就想写写我心目中的大舒舒，却一直苦于无从下手。

和大舒舒结缘，得益于新浪微博和小兄弟阿政。很早以前，不知道怎么就互相关注了。那时由于我很长时间没上微博，有一天，打开私信，看到有人发来一段诚恳的话，大意是"因为关注人数的上限，你又不太上微博，如果上线了再加你"之后把我取消关注了。在我礼貌地回复他私信后的瞬间，他立马恢复了对我的关注。（我很记仇，这个梗得时刻记着，经常拿出来晒晒……）

后来在阿政的反复唠叨撮合下，终于在饭桌上第一次见到了传说中唱歌很牛逼的大舒舒，充满磁性的沙哑的嗓子，大声地说，狂放地笑，说起话来像机关枪扫射，一阵"嗒嗒嗒"之后，我啥也没听清，却也不好意思再问。

随着时间的推移，我们无话不谈。渐渐地，我发现，他其实就是个大男孩。绝少看见这个年纪的男人还有一双如此单纯清澈的大眼睛，让人看着不由自主地被吸引，进而无条件地加以信任。他真诚、善良、悲天悯人，对朋友掏心掏肺，赤诚相待。朋友有难了，一个个都来找他，他都二话不说，仗义相助。一个以吃喝玩乐为主的草根神马通吃会长，竟然也会让他当得极其认真负责，不亦乐乎。大家拿他来开涮，不断制造各种笑料，他也跟着自黑，于是，会长成了公认的不到八十不能退位的绝对权威。有他的地方总是充满了欢笑和八卦，他却美其名曰“观察人性”。

微博上的他，时而傲娇卖萌，随时随地上个自拍，角度永远是叉着腰，亦或45°造型；时而欢天喜地溢于言表，时而伤春悲秋失眠抑郁……隔三差五地呻吟一下求安慰，日子久了，大家也就习惯了他每月总有那么几天的大姨夫模式，并都很配合地宠他一下。于是，他也就很满足与得瑟地继续傲娇下去……我们一起唱歌、一起疯闹、一起听演唱会、看话剧、赶音乐节……度过了很多个文艺老青年的欢乐时光……转眼间1308个日夜过去了。

就像他自己所说的，文艺青年大叔把所有的情感都融进了诗与歌中，每次去卡拉OK，他都非常投入地诠释每一首歌，直到把人唱哭为止。他的诗一如他的人，是个矛盾的综合体：既理性又感性，既阳光又忧伤，既粗犷又细腻，既大条又敏感，既热情奔放又自我禁锢……当他血淋淋剖析自己，把所有的压抑、伤痛都浓烈地宣泄在笔端的时候，你看到的是这个男人赤裸裸的心。他就这样自我纠结着，胶着着，抗争着，最终却也未能逃脱自己画下的牢。

这些矛盾如此统一而和谐地在他身上共生着。很难想象，生活中丢三落四无厘头的他，对待工作却是个完美主义者，严谨、缜密、细致有条理，也因而大大小小拿了很多奖记了很多功。领导、导演、歌手、导师、评委、诗人、作家……这些看似八竿子打不着的身份，也就同样和谐统一地在他身上并存着。

五十岁正是男人绽放得最绚烂的时节，还有很多梦可以做，还有很多理想可以实现。在这个人人都耻笑文艺，舍弃情怀的时代，依然故我，坚持梦想，做一个有情怀的文艺大男人，这就是大舒舒。其实，你真的像个孩子。

2014年9月3日凌晨

大家眼中的舒冲

舒冲的诗歌要与他的激情、表情一起阅读，主要是表达方式的思辨常有反讽的意味出现在脸色与形体动作上。总体来说，他的诗是活明白后再写的，绝不呻吟与晦涩。他的诗与他热爱歌唱也有关系，纸面上有唱腔的味道。祝舒冲的人生有诗歌陪伴！

——严力

写诗的总是值得尊重，尤其这个年代。一直佩服大舒舒，能够在纷繁的世俗之中，永远保持一颗诗心。不管他的身周是多么浑浊而喧嚣，他的目光总是清澈而宁静。不用过多的技巧，记忆和阅历，已经带给他足够的诗意和情怀。这是一本时而荡漾，时而驰骋的诚意之作，正符合他和我共同的星座特征：土象的沉稳，风象的飞扬。

——洛兵

大舒舒为人直率仗义，诗歌质朴而优美，透出一种与生俱来的忧伤和悲天悯人的情怀。作为朋友，值得交往，作为诗人，他的诗歌值得深读。

——李西闽

读舒冲的诗，让我感受到生活中的诗意最为情真意切。

——夏商

祈愿大舒舒把抒情坚持到无情。

——默默

舒冲的诗真率而充满智慧，带着人生的美好情愫，具有朴素而真实的生活美、情韵美！

——葛红兵

舒冲要出诗歌集，我收到的是微信上的文件，那么多，挑选着看一些，大出意料——他写得真挚，可爱，一如其人。他的诗与歌，来自于内心和个人的生活体悟，直接、朴素，语言精练，富有节奏。我真心觉得他比许多自命专业写诗的诗人，写得要好！

——曾宏

在那个年代

在那个年代
有着最好的港产片
当然全是在黑暗而有异味的录像厅里看的

在那个年代
第一次看到卷着裤脚的破锣嗓子
可以一脚高一脚低站着嘶吼

在那个年代
所谓诗人和思想家
比高官和富二代还容易被泡

在那个年代

人们依然是那么容易热血沸腾
个个都是最后的理想主义

在那个年代
有当时万万没想到的
比现在纯洁和好看一万倍的足球

在那个年代
从开家庭舞会可以被开除乃至判刑
巨变成满场漫天的狂飚呼啸

在那个年代
女孩儿们认认真真歪歪扭扭抄着一首首歌
到现在 K 歌还不用提词

在那个年代
老人们最恨的牛仔裤和迪斯科
是而今 TA 们天天穿着在广场上从清晨到黄昏的必修课

在那个年代
彻夜排队买书
就像后来的通宵排队买房

在那个年代
电影的统计数据
是观众而不是票房

在那个年代
一场球赛掀起的硝烟
盖过一个馒头引发的血案不知多多少少

在那个年代
没有春晚桌游这样的叫法
生造词更是几乎没有

在那个年代
工人们在大铁门内等着潮水般下班
村办企业刚开始让年轻的农民离开土地

在那个年代
我们真诚又热切地希望
这里永远是春天

在那个年代
当时居然觉得青春

是那样的漫长和苦痛

在那个年代
燃烧了最好的年华
留给你的
只剩下灰烬

2012－3－18　15:48

我没有去河畔

那个高一辍学的同学
是最早告诉我食指是谁的人
他在打谷场旁的供销店前
磨着豆腐摊着春卷皮
低头微笑轻声细语
你看了我的诗吗

那个大一退学的同学
忘了是送我还是落在我那儿的
厚到难以置信的 1968—1986 年诗歌大全
今晚我却彻夜也找不出来
他当时的每一首诗
都不止送给一个姑娘

那个微博初恋的测试时期
140 字分明是十四行诗
卷土重来的断垣残壁上
勃发的居然还是相信未来

那个亦春亦夏的晚上
严力大哥家里那个挂满我遗忘梦境的客厅
让我永远地记住了
写作是我可能的自由

我没有去河畔
我躲在被窝里写着那永远的恒河

2015 年 3 月 25 日　00:24

画上去的叶子

所有的记忆都是被自己美化过的
就像所有的历史都必然被粉饰或者遮蔽
因为这一切已经过去
于是记忆和历史
就几乎混为一谈
全变成了惺惺相惜
沆瀣一气的残骸被彻底剔除

每一个年头都在怒骂这是什么年头
每一个年代都在怀念消逝了的年代
即使那时根本不天天都是阳光灿烂的日子
即使现在也有几天会显得特别晴朗
即使痛说革命家史声讨当时的苦难

充溢着的却是现如今的傲娇口吻
即使后来说我早已经整个大幻灭了
其实理想根本就没有死过一天

最终选择的记忆和历史
都只能是那一片画上去的叶子

2014年12月16日　03:47

64　65　66

话痨
昨晚出奇安静
即使在喝了三种酒之后
也只是不住颔首微笑

64
65
66
三年内接踵出生的三个老男人
不由分说集体闪回差不多三十年前
人类一思考
上帝就发笑

说笑翻了的军营
彩票、诗歌与广场
没来得及说校园
走穴
严打和个体户

谁不是自己的传奇
谁不是从残骸灰烬中掩埋后重生

振聋发聩如黄钟大吕
却怎么也没法将短路的 I pad 拍活
一屋子一屋子的书里
我看到了沪剧小戏考
好有喜感

喝完
黑咕隆咚陪 66 去苏州河以北
突然才想起来
我忘了唱梭罗河给 64 听

天亮有人要去雅安
那个人曾是我精神领袖集团的头领

64 65 66

见面时他说真的很累

我握住他的手说

剩下的都属于你

2013－4－28　01：11

我们都可能只是别人的沙

打开腌臜的一格格抽屉
霉味儿和瘴气
伴着吱吱嘎嘎老木头倔强地反抗
统统瞬间石化

你以为那一摞摞猴年马月的信笺和书简
最多只是颜色面目全非
她一定还在那儿乖乖地躺着
可结果却不由让人臧否自己的全部链接
是彻头彻尾的意淫
荡然无存
片甲不留
无论去向甚或不翼而飞

毁尸灭迹干得漂亮

遗忘是一个沙漏
漏掉了不用记住的真伪
我们都可能只是别人的沙

2014 年 12 月 24 日　10:01

醒来

盛夏
少年时代的记忆是烧焦的
混合着知了烤糊的味道
孩子们说好香
大人们说好臭

永远黏稠的南方身体
烘干在北方那最后一个六月的赤夜
灼伤了我的视线神经和整个暖春的呐喊
幻听幻觉
断续绵亘

一直到半年后的深秋
我自以为有了爱情

又一直到整整二十年之后的严冬
我毫无征兆地从沉睡中突然醒来

2011－7－18　21：08

抚摸

大雨滂沱
也无法使你干涸的嘴唇变得温润
你撕裂的身体里团着烈火
我的眼里却满是空洞

只是不知道
是在黄昏
还是深夜
带你去抚摸那
夕阳或者月光里
深藏的忧伤

2011 - 8 - 4　18:54

向差点忘记了的名字致敬

别再等贵妇还乡吧
只要看见流放者归来
就迅捷关上那伊甸园之门

所有的喧哗与躁动
在路上
骤然成了嚎叫
有关于光荣与梦想
也在铁皮鼓彻底哑掉之后
统统沦为玩笑

我们早走过百年孤独
我们都是局外人

2011-8-19　17:44

我还在等最好的时代

那个最多十二岁的女孩
认真地说
她很腐
同桌很朽
而一年之前彼时的我
不知有腐
无论朽男
至今也没明白
腐从何来
何以为朽
这从小被注册的
帝国主义代名词
怎么就旧貌换新颜

现在那厢
此起彼伏
只有这边
风景独好

当然
这不可能是最坏的时代
只是
我还在等最好的时代
我们都会
一直等下去的

2011－10－5　09:51

错过

一年到头的游走
却总是在最美的时分
错过

所有浓重而又落寞的色彩
直到落叶的声音传来
我才发现自己的抽离
于是
也就只能这样喃喃自语
我真的不知道
这个季节也会有荒凉的杂草丛生

2011－10－19　20:59

最后还是坐到了最后

要不要中途离场
纷闹
喧嚣
自说自话的聒噪到了你的底线
绝对考验你的心脏
或者说你究竟有多老

可大家伙儿都在不住喝彩
也许都比我懂
是我慢热还是场子慢热

终于开始鼎沸
算是渐入佳境

要都能这样该多好

我最后还是坐到了最后

2011－10－19　22：02

等不到天亮了

风扇呼呼呼呼
不住摇头
呼吸却变得愈发
急促而困顿
踱过来
踱过去
汗水滑落一地

这漆黑黑的夜深
我
目光炯炯
眼神灼灼

等不到天亮了

如你所言

和你一样

我等不到天亮了

2012-7-6　00:51

可以燎原可以活埋

回忆
凋零或者重放
答案全在你我眼里

影影绰绰的
不是秃子就是白头
大摇大摆晃动着
年轻时怎么也想不到会有的
肥硕肚腩

我真的什么都没有了
除了那眼神依旧从未混浊

好在
还剩下回忆
可以燎原
也可以活埋

2012－7－31　23：06

毁人不倦

新机场
旧车站
早已废弃的破码头
到现在也不知道究竟哪个歇脚的地方
能让我停摆须臾

大喇叭聒噪
小孩子打闹
虽然已到了直播时代
但即使中国好声音到天亮也依然录播

哪里也不去张望
什么都听不到

港台管这叫放空
TA 们总是心事重重
禅意深深
毁人不倦

2012 - 8 - 16　21:25

我们都是旁观者

睁不开眼
闭不上嘴
伸不直的脊梁
头痛到欲裂
你却说我有坚强的耳朵和心跳
对江南来说
热过三伏的立秋
只是一个被符号化了的
门神

行色匆匆之间
冷冷的过路人
三缄其口

退避三舍

我们都是旁观者

2012－8－20　02:23

爬出井底的蛙

蛙
爬出了井

有人说终于
有人说居然
也有人说差不多已忘记了井里还有蛙
还有人说这井里的好多蛙都比这只爬出的蛙叫得好

要说还是在井底仰望的天最美
不会一览无遗
尽可以足够想象
空间和距离
永远都只是冰山一角

回头

转身

怎么看不到井了

2012-10-13　16:52

诗歌还一息尚存的夜晚

诗歌还一息尚存的夜晚
到处都是一盏盏灯

荼蘼尽散
花开不败
诗人们大多都还硬朗朗的
活得好好的
面朝哪里
都会明媚忧伤

意味早就不再深长
犬牙又何必交错
那样的岁月难以复返

断然再也没有任何复制的可能

诗人们还在孩子气地唱歌喝酒
任灯火忽明忽灭

2012－11－1　22:10

倒仓

历史
被藏了起来
而文字和影像
却总探出头来
艰难而又顽强

天亮之后才开始犯困
恍惚中终于等到又一个黑夜
准备开始狂饮
还有啜泣

倒仓的嗓子咧开来
以为会是嘶吼怒号

谁知道最终发出的声音听起来只是像在呻吟

像诗人那样困兽犹斗吧
拼死去证明诗歌作为阵地的存在

2013－5－18　03:00

青春冗长

青春冗长
远未散场
甚至离散场还很遥远的
孩子们
都已经纷纷开始
向过往
以及还没成为的过往
致敬

而那些早在一夜之间
就突然被中断
当年自称为理想主义的
喋喋不休者

变得装聋作哑
没有一点想要重温的态度

所有的回忆其实都是赘述
无需缅怀
是因为我的青春如此冗长
毫无结束的迹象

2013－7－7　12:58

寒蝉出没

这个夏天
充斥着
让人几乎可以自燃的
巨大轰鸣的
回响
各种不忍卒读的
乖戾暴烈
全无先兆却又一触即发地
由好人变成厉鬼

好在
诗歌还是可以默默写的
至少还是可以默默写给自己看的

可谁会料想大地如此龟裂炙热
出没的却尽是寒蝉

2013－8－22　01:58

不然呢

你我
再也读不懂李白
但李白也读不懂你我
读懂了
又想怎样
读不懂
那又如何
天涯穿越不过海角
颔首微笑
清泪顿时沸漾

其实早就没人还会在乎
是读懂还是读不懂

也只能这么想了
不然呢

2013－10－1　00:21

我的安危不如你的冷暖

隐隐作痛的
是旧伤新创
滂沱中还能分得清楚吗

昨天交战了一夜的结果
让今天突进得愈发变本加厉
汪洋中的一座城
我被掀翻在了
它早已被淹没的台阶上

霎时的意识空白
甦醒之后
身体里每一个角落都是雨水

眼睛却是干干的

我的安危
不如你的冷暖

2013－10－8　14：27

我不是农夫

雨才刚刚晾干
霾掉头回转卷土重来

还有哪一样是可以用来
呼吸的
吞咽的
咀嚼的
回味的

伤
病
折
裂

我不是农夫

十二月的蛇
其实根本没有冻僵

我当然不承认自己是农夫

2013-12-20　02:03

见面如字

脸孔上到处是象形
行间布满的水渍
泼墨狂狷
疏密有致

在微博就快要死的时候
飞奔过来
救你的
哪里是我啊
是开始变白了的
胡子下的无邪
和漂在霾絮中的烂漫抑郁

真的
什么都不用再写

见面如字

2013 - 12 - 21　02:17

永远地失去

宁为玉碎的西波涅
被屠尽最后一个人的族群
何塞马蒂
自由先驱我飞不到你
灰飞烟灭的地方

你住在哈瓦那
那里有你的家
可是你从来没有见过
你亲爱的妈妈

我一直没有离开过我的妈妈
就要七十八岁的她

于是过年我不离开家

就此永远地失去了
古巴

2013－12－21　02:18 来

身无分文

1986 年
开始流行过圣诞节
小子叮当作响的穷
只会在雪地里乱吼
你这就跟我走

1994 年
商人们越来越喜欢这个晚上
开始讨论结婚
眼神里毫无憧憬

2003 年
往死里灌自己一夜几场平安夜

呼喊着暴发性肝炎的到来

2013年
脑满肠肥的死胖子
陪颤颤巍巍的老爷子
去看刘晓庆的风华绝代
已不再记住今天是什么日子
因为上帝是每一天都必须仰望的

尽管我依然
身无分文

2013-12-24 00:15

趁天黑得什么也看不清

消解头脑
风化灵魂
而一次次被肢解的是
各种神经末梢

拾级而上顺势而下
高低杠一般前扑后翻
叠嶂复又蜿蜒
前行是坑
后退是洞
趁天黑得什么也看不清
我还敢左冲右突
争取在天亮前能突围出去

夜越来越短
但却把日子拽得更加拖沓冗长

2015 年 3 月 24 日　01:53

你真的回来过吗

拆字游戏
废话重组
阡陌或者工地
一群或者一个

刺痛的是柔软也是坚硬
划破的是创痕也是纹身
一夜似乎飞回去三十年
你真的回来了吗?

深深浅浅的妆
怎么都卸不了擦不干净
犹如这午后憔悴的天气

只有眼睛笑了起来的时候
我才愿意相信
你也许真的还会回来

你真的回来过吗?

2015 年 2 月 7 日　21:49

他人的地狱

坐在台阶上哭泣的老者像个孩子
蹲在高架下打盹的少年像个活佛
天天欢颜
夜夜醒来

他人往往不合我意
可是又有谁会
天天夜夜
真的随身带着一面镜子
冰冷地直射自己而不是别人的脸
然后
让它灼伤

他人的地狱

所有的重逢都是久别重逢
所有的告别都是不告而别
哪一个地狱不都是他人的地狱啊

2015 年 1 月 16 日　03:30

八宝辣酱

片头
一碗地道的老弄堂八宝辣酱
逼格便升至老克勒
神抖抖，花嚓嚓
有腔有调
满口留香，满目生辉
管他春夏与秋冬

回放
一小撮
你们乡下
你们乡下人
自说自话

大多数
乡下包围城池
乡下人围剿城池
说干就干

大结局
大多数如愿攻克柏林造就罗马
一小撮最终赶回乡下研制八宝辣酱

2014－12－31　04：27

当你无助

当你无助
一棵枯枝就是你的诺亚方舟
微醺宿醉都不能止住你的战栗
更散不了你那昏天黑地的酒气

母亲郑重地说
天天早点回家吧
亲人最好时刻都在一起
儿子发着狠想
我们过的哪一天不是赢来的胜利啊

最接近天籁的声音
是酣睡中的梦话

和长长的深呼吸
明天还将货真价实地美好降落
当你继续无助

2014－12－30　01:51

一意孤行的人们

趁这落日余晖还在
让我先沉沉睡去
一意孤行的人们啊
明知不可为而为
我该为妳们点赞
还是为妳们着急

小时代注定后会无期
更别指望谁真的会再度归来
扯掉一块红布
露出的是蓝色骨头
舌尖
与刀尖

仅止一步之遥

身在何处都觉得是他妈的他乡

2014－6－6　18:31

立夏

重庆森林散佚
工部被涮了个底儿掉
从格格到甄嬛
后宫一红就是十五年
尽是穿越
是因为你只能穿越

你视而不见
我充而不闻
各种荼毒不过是疫苗
各种奇迹可持续发生中

从今天起

做一个自由的人
背对故土
生如夏花
让这个夏天凶猛得再炙手一点吧！

2012－5－6　00：20

他乡

当故乡陌生成了他乡
他乡却还是他乡

用密密匝匝的背影
甩掉身后这一座座
每年此时都集体放空的城池

红包硝烟渐散
街巷喧哗复燃
诡谲飞过穹顶
惊蛰于无声处

满载而归

净身复返
他乡必须被反认为故乡

鸟儿早已飞回
大地依然寒凝

2015 年 3 月 8 日　02:08

你为我出发

出发
却下起雨来
可是远方
天空依然是蔚蓝

尽管我衣衫褴褛你蓬头垢面
可是目光对着目光
自燃了

即使我不是你的彼岸
也依然相信
你为我出发

2010－8－7　07：50

困于浅滩

困于浅滩
我找不到大海
可连贝壳也全都走丢了
更别说浪花和礁石

只有潮汐声
仿佛天外来客
揪着我被掏空的心跳
来回重击
空无一人的沙滩上
只能看得见灰色的天

困于浅滩
我想要找回我的大海

2011－9－9　19:46

困顿

困顿
在这个时候
你连在眼前飞舞的一只苟延的蚊子
也都掌控不了
尽管现在北方早已经入冬

未曾谋面的人啊
隔空对话
那样莫可名状地相爱
随时相见的我们
咫尺天涯
却总自以为深刻地彼此伤害

这里的秋天显然比春天要长久许多
让我有足够的时间
困顿

2011－11－13　14:03

残垣与掩体的一唱三叹

悬在头上的人让你只能匍匐
晃在眼前的事让你更加迷糊
亡命般往回走，自以为还会记起来时的路
可是举目望去
却只映出依稀的残垣和掩体

残垣上的笑声
掩体里的奔跑
骑在残垣上看反面黑白的银幕
躺在掩体里听远处江心的汽笛
画面太美，你敢不敢那么残忍地去回忆

细细想来，爱我的人横亘了我的一生

我却将自己横亘在了不肯睡去又不肯醒来的梦里

吹拉弹唱的弹冠长者已然过气
紧拉慢唱的漫长儿时还没将息

2015 年 12 月 3 日　00:45

一刻不停地让自己说话

我知道写诗的人又多了起来
可我不知道有这么多的人都在写诗

疯狂
狂热
热烈
烈性
俨然倒流逆回
分分钟八十年代转世

狷介轻狂冷笑
狂轰滥炸热议
比学赶帮赛

裹着红包漫天花雨
还有眉梢眼角的讥诮

你刺痛了当众孤独的我
我却捂住伤口怕被你发现后笑话
只好一刻不停地
让自己说话

2015 年 06 月 10 日　01:17

老去的少年

老去的少年
还想在荒原上嚎叫
不想在草叶里寂静

二十岁前听到的梦话是既往不咎
三十岁前看到的大海不是蓝色的
四十岁的满脸菜色黄到发绿像爬满了青苔
五十岁的一身赘肉让人从此不再直视自己

仰望多了神就来了
俯瞰多了美就来了
走神多了魔就来了
专注多了魂就来了

少年已老去
荒原上只许寂静
连草叶里也不许嚎叫

2015 年 05 月 23 日　03:03

我们对着孩子说那些没用的话

我们对着孩子说那些没用的话
是话没用，还是说了没用
彼此不置可否

我们心急如焚
就像当年耽思祖国的前途和命运
孩子迷溺瘾症
关于青春预备役期各种小小的伤离别

每晚孩子若有所思或面无表情
花很长时间洗澡循环唱匆匆那年
然后我不紧不慢，自觉走进严严实实的失眠帐篷
凝视漆黑彻夜备课

明天怎么才能对着孩子说哪怕一句有用的话

2015 年 5 月 22 日　01:35

够了吗

苹果又那么轻易地就碎了
四月又那么轻易地就过了
他们一个个又都在大汗淋漓之前
就这么每年一度甚而两度
悄然地国际候鸟了

我哪儿也不想去
我哪儿也不敢去
可我还是哪儿哪儿都去了
可我还是去哪儿都觉得细思恐极

那就视而不见
那就笑而不语

那就引而不发
那就死而不僵

用一生来沉寂
够了吗

2015 年 5 月 21 日　23:45

难得可以休息的夜却总是无聊

最好的背景音乐

叽叽喳喳的广告播得好好的
却总插播进来闹闹哄哄的电视剧
虎妈猫爸酷爸俏妈
番茄姐姐芒果少年
有趣是肉麻的通行证
神奇是腐朽的墓志铭

湿

梨花还在开
乌青更紫了

入夏尚未进梅
鸡汤代有传人

你我

自从你语焉不详
就此我洗手不干

2015 年 5 月 18 日　22:44

水银泻地

半夜两点的锥子
一下一下
剜着
戳着
淘着
让我清楚地听到了
骨肉分裂离析的巨响
和碾成粉末后的吱吱哑哑

疼痛遍布各地
却找不到一处创口
就像满眼望去

怎么也数不到一颗星星

月亮被刺破以后
清泪如水银泻地

2015 年 5 月 7 日　02:52

一叶一页

诗歌日与睡眠日居然在同一天
这是谁安排的如此登时
秘道在你身上
迷宫在我心里

酣醉
之后沉睡之后醍醐
一个半小时的梦
不到一部电影的片长
从 1989 年的淮海路
到 2015 的墨尔本
一叶知秋

一页迅疾掠过

上帝不再发笑
人类依然思考

2015 年 3 月 22 日　07:48

那该多好

从梦想
到味道
最终穿越大半个中国

乌托邦
吃货
睡
大脑回到舌尖
再落到足迹
归宿是躺平

问题来了
这是徘徊是轮回

还是迂回
你真的知道吗

从何时起
能够不再食言
学会做一个沉默的话痨

那该多好

2015 年 1 月 29 日　01:24

七夕一江水

七夕不过是少女对织女的情谊
七夕不过是跪求描龙绣凤绫罗绸缎
七夕不过是鲜肉腊肉各款菜式的午夜牛郎
七夕不过是四个白夜后最终落空的极光

中国的离人劫
女孩的成人礼
中国商人编造的又一出情人节
女孩不相信的鬼节

碧落
黄泉
天涯

地角
永隔的又岂只是
一江水

2015 年 8 月 20 日　01:02

平安无事

他说西藏没什么反应
她说新疆没感觉不安全
他们都说土耳其啥问题都没有
一路向西
平安无事

水里的
火里的
城市里的
网络里的
此起彼伏的重大消息
平安无事

这黑夜里的热血
这夏日里的寒意
平安无事

2015年8月16日　02:31

山河纪念日

水会燃烧
火会倾覆
风会窒息
云会呼啸
哪里都不去也会被自然或者非自然地
消弭

纪念日接踵而至
纪念日越来越多
纪念日背后有无数条生命
纪念日前方有万千双眼睛
纪念日洇出了断代

纪念日不需要图腾

山河她一直深埋在永远的梦里
从来就没有离开过我片刻分秒

2015 年 8 月 15 日　12:17

能爱上的只剩下秋天了

恍惚的白昼暗淡匀速
清醒的黑夜明朗跳跃
可是无论如何挣扎
最终都会落入
无所事事

真相遥遥无期
梦境的触手可及
个人的记忆力是浮雕又是浅滩
不是添加就是过滤
越是想搜肠刮肚翻江倒海过电影
就越是记不住那一部部冗长的片名

今年夏天不那么热
冬天应该也不会有多冷
春天短促到几乎可以忽略
能爱上的只剩下秋天了

2015 年 7 月 24 日　01:28

大地却再也无法点燃

低热
高烧
电视中场休息好长
不犯迷糊的时间越来越短

小伙在街灯下夜奔
大妈在广场上晚会
速生速灭速朽的年代
麻将、股票和宵夜小酒
只有卡拉倒永远 OK

王维等白云
后主恨东风

西西弗已经推不动石头
凯鲁亚克早就停靠在路旁

天空还在颤抖
大地却再也无法点燃

2015 年 7 月 20 日　22:18

帷幔

夏天永远都是最漫长的季节

滴滴答答的汗水里
遍是酒精的味道
挥发，蒸发
混合着玻璃杯在桌上拼命划动时
尖厉刺耳
百爪挠心的噪声

被热浪熏得扭曲的脸
凝视着浴室里那面变形的镜子
每个毛孔都在诉说着
衰老的不期而至

一天要洗五次澡还嫌不够
可这样的日子
还只是刚刚拉开厚厚的帷幔

2012 年 7 月 14 日旧作 2015 年 7 月 14 日再改

不是广告不是诗

下雪的北京忘掉吧
误机的成都屏蔽吧
夜的巴黎那张童床没坐下就塌了
失去了古巴之后
土耳其也在出发之前被彻底埋葬

到处歌声的菲律宾
一路交涉的西班牙
不见红绿灯的越南
男左女右大自然的新疆

提卡坡那一颗颗掉下来的星星
考文垂那没有喝成的下午茶

从香港到澳门船上那只晕船呕吐的猫

眼睛是最好的镜头
记忆是最美的风景

2015年7月9日　02:47

宿醉的精油

不斗酒也诗
不纵饮也歌
梦里乾坤大小都是乾坤
壶中日月长短都是日月
如果宿醉也不能成为你的鸡汤
那就为自己按摩做一次精油好了

后知后觉

四十岁那年我长出第一颗智齿
五十岁以后我开始近视和长痘

2015 年 6 月 27 日　02:26

梦话两则

（一）这辈子唯一不会得的病

漆黑的夜里
最亮的是失眠的眼睛
大白于天下
完全听不到过速的心跳

捂住嘴巴看得更清
撂下酒瓶醒得更快
这辈子唯一不会得的病
应该会是老年痴呆

（二）举家出逃

据说出梅还有十天
那夏花怎么已经开始凋落
♪ 所谓旅行无非举家出逃
这个季节其实最不适合远足

2015 年 6 月 26 日　03:13

呼天抢地

水底悲伤的眼神
和以往的故事一样
说没就没了
空中彻夜的吼叫
天一亮扭头就分手不再

和雷声翩跹
与闪电奏鸣
可惜和弦
每一条全都弹错
舞步凌乱如瘾君子
戒而难断

谁让视听是两条永远的平行线

老人还没有入殓完毕
大地上突然响起了关于孩子的呼天抢地

2015 年 6 月 18 日　01:49

等到开明

深宵的光芒
天堂的阴霾
当你从梦中睡去
你仍没走完人生

不敢大声喘息
是因为怕自己更加心悸
所有的感觉都不会过去
一如深切的痛苦都不会忘记
褪去的只是曾经自以为是的幻灭

让我远远地昂首远眺
谁都依然存在依然活着

天空有时还会蔚蓝

亲人始终还会相爱

我尽管不再期艾却还是会等到

天明

2014 - 12 - 9　04:05

秋天的马拉松

满城的风雨
满街的各种管制
满世界的
跑

一路狂奔
或者慢踱下来
即使戴着面具
全副武装
每一叶肺都会黑得发烂
那还跑个什么劲儿啊?

可就是这样的

所谓的
秋天的马拉松
也得抽签摇号
才有资格
上路

其实跑完了
该干嘛不还是干嘛

2014-11-2 15:07

落荒而逃的岁月

我从我的工地
来到你的废墟
我忘了你那里已是雨季
你却说你们也管这个叫黄梅

遗世的未必独立
否极后未必泰来

落荒而逃的
除了岁月
还是岁月

2015 年 4 月 29 日　18:38

我快要落叶了

我快要落叶了
可扫帚把我托将起来
舞出大街
转进小巷
犄角旮旯遍布了
最高级的秋色

有人一天两次冲凉
有人一天四季行头
冬雨夏花
还有含混不清的冰雹和雷声
交错得瑟

雾霾总是不请自来
灌满了剩下的所有器皿
春天这是就要过去了
还是还迟迟没来

2015 年 4 月 17 日　01:04

破晓前的微熹

深夜的门
不锁自关
我惟有回到黑暗之中

伸手看不见的是十指
看得见的是远处穹宇之下的暗红
是污染
是散射
是渴求又惧怕的
破晓前的微熹

长夜的起步费又涨了一倍
明早的开盘价能否绝地反击

峰回未必路转
无眠未必成诗

6 月 29 日　03:00

发光体

深夜里的身体
柔软得像一块绸缎
耳朵里听到的
只有自己
依然年轻人般
孔武有力近乎狂热的
心跳

浅浅或沉沉睡去后
突然彻底甦醒
睁大了眼睛
长久而深邃地凝视
这满目的漆黑

你说
我是发光体吗?

2014-5-1　04:07

泰山鸿毛

轻如泰山
重如鸿毛
生命不能承受的无非是
爱
和不知道算不算爱

杜工部天下
艾略特荒原
天下无非荒原
荒原就是天下

在天下找荒原
在荒原找爱

泰山鸿毛

要爱就没有天下

泰山是荒原
天下是鸿毛

2015 年 7 月 1 日　00:23

对自己的付诸一笑

这个温暖裹着冰冷的世界
干燥潮湿
都绽放着逼人的表情和声音
可谁也不知道意味着什么

你什么都是
在几乎永诀却又即将重逢的发小眼里
你什么都不是
在觥筹交错进而推杯换盏的同僚嘴里
好在
我当然知道自己是个什么东西

看不清俯视

听不清鼻嗤
可看得见镜子里对自己的付诸一笑
听得见梦里对自己的付诸一笑

2015 年 11 月 21 日　16:21

问谁好呢

当呼噜响起来的时候
所有的人都意识到他还活着
自己偶尔也能从鼾声中突然醒来
意识到周围的人都还活着

原来活着是需要声音的
即使是睡梦里的呼喊
原来声音能证明你活着
即使是天明前的呢喃

呼喊山河
呢喃故人
山河还在故人已逝

山河已逝故人还在
山河和故人到底已逝或者还在
问谁好呢

2015 年 11 月 10 日　02:41

就此别过　不再谋面

立冬的晚上
如夏末
不独海上

一天里
若真有四季
也好
活得鲜明

看起来蚊子足可以过冬
困兽犹斗的也就仅存雾霾了
最好能跟整个冬天一起打包
就此别过

不再谋面

别过
不再

2015 年 11 月 8 日　01:56

不是还不知道呢吗

自渎有各种方式
结果就是生命像草一样垂头丧气
谁在玩儿谁
不是还不知道呢吗
当然是不知道得更好

玩忽的除了自尊
还是自尊
谁能把她还给你
谁就是你的天使

你递过来的一支烟
是此时唯一的氧气

他顿时有了还得活下去的佐证

往事的所有镜头都已然往生
就像所谓真爱并不一定需要真的去爱

2015年11月3日　03:33

黑夜不会因此而有丝毫缩短

离开的时候说我会回来的
基本都就此遁迹
就像没人会在自杀之前
昭告天下

病人顽强地撑着
好人软弱地受着
路人茫然地狂奔着
故人自觉地遗忘着
白天晚上都不睡觉的人执拗地梦呓着
穿汗衫的少年
穿风衣的大妈

遛着与主人一样两个季节装扮的宝贝互相取笑着

仲秋反弹回了夏天
黑夜却不会因此而有丝毫缩短

2015 年 10 月 25 日　02:09

剧透

早慧的如果晚熟
那青葱是否一直要绿到更年
晚睡的如果早起
那活着是否就此战胜了死亡

去时昏睡
归来清醒
也许一切的来不及都还来得及
也许时间早就被甩在了所有的身后

侦探原来是由凶犯扮的
导游原来是最容易被窃贼瞄准的
非洲原来不是我们最早的太祖

诗歌原来不是酒后胡言梦里呓语信手涂鸦

真相也和其他很多词汇一样
改了个名字
叫做剧透

2015 年 10 月 9 日　13:56

玩笑与笑话

你是一个玩笑
我是一个笑话
他拿她开玩笑
她把他当笑话
谁不是彼此的
玩笑
谁最终都会成为别人的
笑话

最难堪是我在哈哈却没人笑
最难过是别人在笑我却想哭
最难忍是只有我一个人觉得好笑

最难捱是彼此都再也笑不出来

开玩笑,我们继续活着
说笑话,我们继续生活

一首或外三首

聂隐娘隐的是什么
烈日灼心灼的是谁的心
洋洋自得的是电影院
而绝不是电影业
至于你眼前看到的，不过是安到银幕上的电脑
甚至只是越做越大的最新款手机

行至水穷云就是不起
望断山空鸟还是不语
遗忘是最好的原谅
死亡是最大的赦免

一首或外三首

伤口上撒盐是一种行为艺术
失眠时梦呓是一首口语诗歌

2015 年 9 月 21 日　02:23

微凉的滚烫

黑暗中睁大眼睛的你
阳光下看不清前方的他
黎明前后依然混沌未开的我
都还可耻地孤独着
进而自以为顽强地活着

往生距离彼岸
是更加接近还是更加遥远
过去的人不可能再转过头来
宣布答案

如果连死亡也不能让自己挣脱出离
那就坚硬或者稀松地

继续坐等下一晚的又一夜失眠

微凉的夏末
眼泪依然滚烫

2015 年 9 月 15 日　00:49

诗人还在(之一)

诗歌被宣判
诗人还在
诗歌化作了泥土抑或青烟
诗人还是一块顽石一棵枯树

2010-2-7　01:32

诗人还在(之二)

诗
居然会如此幸运
在这个被秒杀的时刻
还有呼吸
微弱而温热

我不是诗人
但我却捧起你的诗
踽踽前行
留下了成串的忧伤

诗歌垂而不死
徒留写诗的还在苟延

命存一线

谁是你的救赎
祈求夜空最后一次展开
满天繁星

2010-8-17　01:28

诗人还在（之三）

七月的流火
八月的乡村
九月的故事
都说十月是你的生日
百年忙着抢注

宅在这里吧
到处溜达吧
可心哪儿都不在了
当年的浮云游子
而今只有浮云
游子不再

可诗歌已殇
诗人还在

2011－7－22　21:16

时间是个巨大的黑洞

时间
是个巨大的黑洞
进去出来
中途离席
被黑洞吞噬
还是自己成为黑洞的掩体
悉听尊便

2010－7－24　01:08

时光重现

北方的夜
迟迟的来
舒服不如躺着
我怀念的
我以为不会再来的时光
重现

2010－7－28　21：10

彼此的绝响

转身
就被淹没了
真的没有什么能铭心刻骨
遍寻不着
连影子也被蒸发
哪里是渐行渐远淡入淡出

其实
仅仅在一霎时一刹那
你我
就这样
成为彼此的绝响

2010－8－9　19:09

你是自由的

你是自由的
我是禁锢的
你放了一把火
我只是点了一盏灯

2010－8－11　21:56

我不要这样的世界

我又回到了音乐声中
突然觉得没有音乐的世界一如墓冢
荒芜得没有半朵花瓣
连黄叶都无处寻觅——
呼吸不到音乐无异于窒息
是的，窒息

我不要这样的世界
尽管我知道
我其实也许就一直活在这样的世界
但是我真的不要

2010-8-16　00:11

我走进你的身体

太厚的夜幔下
我走进你的身体
悄然而突蹴
什么也看不见
我就这样走进了你的身体

夜黑得我无法醒来又无从入睡
微熹中
我才发现
考文垂这个名字其实挺好听的

2010－8－19　12：15

天知道云还会不会起

等待
你等着他
可他等的
却是另一个全新

你说历久弥新
他却说吐故纳新
故意的拧巴
别名叫做纠结
好在你已然行至水穷
哪里还有一丝微澜

早就不再指望

有人陪你坐看云起
好吧
那就一个人坐着
天知道云还会不会起

2010－8－20　23:28

爱从来自由

思念在夏天凝结成霜
泪水却早就风干
无声呜咽远远传来
语不成句
却听得真切

相距遥远也能相爱
痴人在说梦吧
爱就是不承认不承诺不承受
爱从来自由

谁都会被谁占有
谁都不会坐拥独享

我依然是我
你还是你

2010 - 8 - 23　05:50

无声无息地爱你

我没得选择
只能蜗居至此
我无甚可求
算是潜伏在此
生在这里
还要埋在这里
无声无息地
不等开花就先凋零

可是我还是必须要爱你疼你
因为我真的无处可去
可是我还是必须要歌你吟你
因为我早就无力再发别的声音

那干脆就让我继续一直
无声无息地爱你

2010-9-9 03:32

选择性失忆

南太平洋的长夜黑漆
漫卷着沉寂
凄清

所有人的孤单
在这里
不再迷乱
我的日记
也随着晨昏交错的穿梭
全都选择性地失忆

归去来兮

返还时你还是你
而我早就成为你曾经的碎片和瓦砾

2011－7－4　19:07

说着唱着天终于亮了

天亮
白炽通明
我从没沉睡漫长至此
黯淡还没往生
光亮却已然披在身上
激荡
滑翔

霎时
我将回到你的身旁
虽然这仅仅是霎时
但此刻我就要出现在你的身旁
虽然我也知道这只能是霎时

可是我还是要不由自主地说着唱着
你看你看天终于亮了

2011－7－5　07:07

无关很快就被人遗忘的“梅超风”

这次真的会正面袭来
还是再一次擦身而过
人们照例若无其事面无表情
只是觉得起风了
舒服很多

雨还是没能下来
树叶却奇怪地稀松飘落
汹涌之前
都是这样的吗

一个肯定觉得自己很酷的男孩
又是撅着又是撇着嘴

萌说
来了多好
我倒怕又在恶搞呢

2011－8－6　13:21

原来你如此爱我

你走吧
现在还来得及

趁我钻心的痛
还不能落地
把那根戳进我脚底的钉子
决绝地拔出来
再生生刺中我的胸口
用这样的淋漓
来丢了自己

到失去的时候我才知道
原来你是如此爱我

2011－9－6　02：03

失眠的理由

究竟是要去
丛林还是荒漠
丛林里密密匝匝
有你以为要的一切
而荒漠却只剩
最后一滴甘泉

可丛林荒漠
都早已没了方向
更别说找到出路

一切
一滴

都挥发在今夜
让我终于又找到了一个
失眠的理由

2011－9－25　03:43

早安黑夜

早安
黑夜
总是低声地这样轻抚
秋凉愈深
月光渐沦
梦境里的三色灰白黑

只想知道
为什么戛然而止

没有症兆
没有前戏

突然说断片就断片

我闻到了天明的气味

2011－10－1　04:32

天气终于晴好

天气终于晴好
整个国度就像是庙会
故宫成了行为艺术大展

起个大早
赶了晚集
人人淘宝
天天百度
丁丁当当
国家媒体非常关心华尔街
长假后大学食堂真会有五毛一个菜吗

百年一瞬

沧海一笑
只剩下
步步惊心

2011－10－4　12:35

大限将至

不能逃逸的迷乱
东奔西突
尽管今夜的风
眷顾得让我忘了躁热

可 24 层里
喃喃自语的人们
其实绝望到连呼吸里
也有了死亡的气息

他们不停地笑闹
全然不知道
我们无意间的同船共度

只是彼此间最后的互相叫好

谁都没有去提醒
大限将至

2011－9－1　23:26

大限将至（二）——将至未至

你这要命的伏特加
你这该死的马友友版的美国往事
剜着心
挥洒在阿七的 24 层里
满屋子饮食男女
小小的忧伤

然后
仓央老师睡过去了
美女家里的卡列宁恼了
然后呢
加油站的扯淡扯了一夜

混合香颂、油爆虾和哈尔滨红肠的味道
也熏了一夜
大限将至未至

2011-10-7　15:04

大限将至（三）——还是未至

氤氲
好多人说
不会念这两个字

但对今天这 24 层外的天空
我实在找不到
比这更好的注解

我是话痨
并非没有忧伤
我是忧伤
但会更爱自嘲

仓老师没来
取而代之是考拉挂在了树下
阿七愤愤地问我
你大限将至
你大限将至未至
你怎么到现在还是未至

终究已至的大限
只是
娱乐
芒果
番茄
广告商
乱作一团
对策全无

我不由自主地笑了起来

2011－11－5　23:40

大限将至(四)——否极泰来

高谈人生智慧的叔本华
私下里是个及时乱行乐的主
而振聋发聩被强人征用的尼采
大半生却都躺在病榻
活着的一切理由
其实全是悖论

一年前以为的大限将至
大限将至未至
早没了迹象
不再有人记起
我们都厚着脸皮
老老实实活着

等着否极泰来

蕾姐阿政都回来了
考拉也快回来了吧

阿七他们要启程了

2012－10－7　15:07

长夜刚付了起步费

一直昏睡
却还是没睡着
只是
可不可以不要这样疼
让我完全没有了方向
黑暗爬满了整个身体
汗
完全没有知觉地流淌

我是等天明呢还是等天黑呢
一阵又一阵的绞痛痉挛

提醒我
长夜才刚付了起步费

2011－10－15　04:24

失控

失控的
是世界还是时间
或者仅是自己的感觉

七天后又上了七天班的人们
有的依然没有休息
有的病倒
就像我哪里也不能去

没多少人知道
更没什么人关心
国际盲人节
知道的关心的也是因为与盲人无关的原因

周云蓬明天依然不可能唱
中国孩子

2011－10－15　10：01

页面缓存

爱情
崭新而又亘古
敏感词
穿越
穿梭
穿破
这历久弥新的悠远
跨省
跨国
跨界
遍寻不着扁舟
别再跟我说占领哪里
我让大家破译的人名都已只剩下

页面的缓存

这世界越来越透明了
连污浊也显得这般澄澈
但我要说
这不是连底裤也不再需要的理由

2011－10－23　09:03

我们仍然应该相爱

不要以为
冰冷的季节
就没了诗歌
不要以为
所有人都会跟你一样
蜷缩

尽管死亡
和心悸气息的后面
是早就习以为常了的规避

我一遍遍呼叫着你们的名字
是为了让所有人都知道

我们仍然应该相爱
尤其在这个逼仄的严寒里

2011－12－18　04:06

一骑绝尘

失眠
是因为头痛
头痛
是因为失眠
长夜付了太多的起步费

而这辆不眠不休的通宵车
却永远找不到停车场
更别说加油站了

没有终点
没有驿站
没有目的地

只有出发
颠簸
一骑绝尘

2012－2－1　02:00

一如少年

好久没有这种
怎么也起不来的感觉
挣扎
像个行将溺水的老者
清晰而又犯浑

彻夜流泪淌汗之后
到了白昼
只剩下彻骨冰冷

不断开裂的身体
就这样让他生生干枯

只有隐隐作痛的胸口
依然凶猛狂跳
滚烫的心
一如少年

2012-2-8　09:53

一泻如注

走
走到黑
扶墙走到黑
扶墙摸黑走到伸手不见五指

一路沿着的
是我的还是你的影子
双手握紧的
黏糊糊
汗涔涔
又是谁飙的泪
还有谁涌的血

快任我喷薄而出
一泻如注

2012－2－8　23:36

咫尺天涯

咫尺天涯
天涯咫尺
咫尺成天涯
天涯仍咫尺
是咫尺还是天涯

我在咫尺
你在天涯

2012－2－5　23：16

绝非斯里兰卡旅游广告

越来越多的人蜂拥
尼泊尔柬埔寨乃至印度
我只想去斯里兰卡

废墟
凋败
断垣
颓残
濒临灭绝的各种
众神究竟还能眷顾多久?

班得拉奈克夫人和她送的小象
拉搭你为什么嫉妒和顶罐舞

唤起所有
最初的依稀

红茶消解着流光
康提还是别做电影外景地的好

2012-2-13　01:23

临幸

我们总是如饥似渴地
苦等着
有朝一日
会被从天而降的
点滴雨露
残存恩泽
临幸
所以就心甘情愿
被诱惑
然后被裹挟
最终被吞噬

不用告诉我

这是饮鸩止渴
还是沐猴而冠

2012-5-26　19:21

低烧

低烧是因为交瘁
持续
在这忽冷忽热的错落中

六月
又要到了

两年前的这个季节
也是这样的连轴
这样的低烧
只是除了我
不会再有人记得

多少人曾经
在你身边
一切无从计起
算了

2012 - 5 - 29　22:23

贪心

意想不到地
恢复失眠

白昼灼伤
黑夜神伤
天知道我习惯受伤
积压如山的伤

疲于的
除了招架
是否还有奔命

漫无目的的不休

周而复始的不眠
镜子里那张浮肿的脸
咎由自取的活该
谁让你贪心谁让你贪心的

2012－6－15　09:55

求求你吞噬了我吧

熊熊的烈火
说熄灭就熄灭
也许从来就没有真的燃烧起来过
有的只是幻影幻听

两声枪响
第一枪叫幻觉
第二枪叫幻灭

汗如雨下
泪如泉涌
如注
如泻

如滔天的洪峰袭来

求求你
吞噬了我吧

2012－6－19　23：30

若无其事

似睡非睡的
一下午就这么过去了
夏天怎么可能安静成这样啊

每一个波澜不惊的背后
都有过滔天骇浪
曾经以为戳穿心底的铁钉
原来不过是别人手里的一件道具
从头到脚的伤痛全因你一切正好只缺烦恼

九月
厚着脸皮再来
什么也没发生过似的

若无其事

可不是什么都没发生过嘛

2012 - 8 - 25　17:29

这就对了

他花儿唱到一半
腰间的手机响起了最炫民族风
满眼蛾子飞舞
打谷场的气场
真正的人民广场

光辉随老街去南方回来了吗
周朝给我电话我要去看你的儿子
何力和洪启谁在新疆谁在北京
我在这里等你回来
一起目光如炬
玩命喝酒与唱歌

怎么走到哪儿都觉得不合适
对了
这就对了

2012－9－9　21:03

淡忘的速度

防空警报拉完三遍
现在的小孩不知道有没有不知道防空洞的

秋天是结结实实地不走了
早晚都已凉到萧瑟
岛上的风应该会更大吧？

群情激愤或者茫然四顾
这个秋天都会安然过去
该吃啥还吃啥
淡忘的速度一定比我想象得还要更快

2012－9－15　12：28

终将重来

发廊里又开始交替高音播放
小田和正、平井坚和中孝介
正如我所预言
这个秋天和所有季节一样
遗忘的速度
远比任何可以想见的还要快

可秋天的时间
就是这样一会儿夏日斜阳
一会儿冬夜月亮
给人跨度特别长的错觉

让我们凝视伤害

直面祸害
春天即使变得再短
也终将重来

2012－10－3　21:17

不了了之

一晚上吵着要吃日料的亲们
仿佛在应和这首小诗

动议究竟是笑笑精灵还是桃源
已无从记起
只知道在日系车闻风丧胆的日子里
就发起了这个倡议
失望的是
即使风声最吃紧的时候
还都不肯打折

不甚了了
不了了之

话题不自觉转移
从审判到好声音的各种结果
还有香港海难和长假免费后的蝗虫队伍

2012－10－7　22:57

集体断片

就怕喝大了
只有你们牧童
却不见了牛

集体断片
只是现在的一时失忆
但过往的真相
却永远就这样
沉没在这重重的雾霭里面

漆黑中的我们
瞳孔放大
面目不清

摸索着狂饮

其实谁都看见了别人眼睛里的忧伤
但谁都以为别人看见的只是自己的恍惚迷离

2012－10－9　01：14

哪里都是故乡

狂奔
疾走
豁出命一般地跑
在这特别长特别深的夜里

口不能说
脚不能动
帮不到半点忙
只有不眠不寐
坐等天真的亮了

一直以为故乡早已成了异乡
他乡却仍然是异乡

可今夜快要跳出来的心告诉我
哪里都是故乡

2012－10－29　02:25

我们还要苦那么久

整整二十四年前
我就写过这样的诗句
有人过来
有人过去
这世界总是平衡
咖啡不用加糖
怎么加都还是苦的

二十四年
说过去就过去了
说有机会的
就是没什么机会了

说人生苦短
可我们还要苦那么久

2012-11-1　03:26

最好让我自己来写完今生

内心冲突
情感交战
台风陆渐之后
统称纠结

不安是忐忑
挣脱是嗨歌
所有的怀疑
都只是因为难以置信

真正的宽宥
不是求你对我恩赐
而是我会对你相容

最好让我自己来写完今生
只要还能继续厚着脸皮活着

2012－11－20　00:44

相对

昼
还是夜
是相对的

甦醒
还是昏睡
也是相对的

此地苟活
还是彼岸超生
更是相对的

2012－11－29　08:19

拼贴小品

所见并非所得
所得并非所愿
所愿并非所欲

解构的时代
亦有神作
尽管看起来往往更像是
一部向各种经典致敬的
拼贴小品

诗人的愤怒
不一定是真正的愤怒
但诗人的绝望

一定是彻底的绝望

拼死买了那么多的船票
原来全是假的

2012－12－11　23:17

反季节

是从黑夜里突然醒来的时候
我听到了一声炸响
还是一声炸响
让我从黑夜里突然醒来
这是个问题

冬天变得越来越漫长寒冷
春雷不可能提前到来
但还是让大白天一直昏睡的人
不由自主地发出了各种声音
尖锐
嘶哑
含混不清的沉闷混浊

惊蛰穿越不进隆冬
反季节的蜜月旅行
要结束了吗

2013－1－4　02:04

直视

是结束又是开始
每一年都周而复始

即使总是有各种意外丛生
我们都仍将理直气壮荒谬地活下去
一如既往

视线日渐模糊
听觉次第下降
连嘴巴的功能也在萎缩
要少话更要少吃

奇怪的是

触觉和嗅觉却变得异常过敏
更难以置信的是
我那拒绝衰老的眼神愈发年轻
孩子般直视着你

2013－2－15　13:14

那里是天际吗

我从污垢的泥沼里
看见了清晰的梦魇

挂满蝴蝶和蜘蛛
还有一团一团的迷瘴
爬出来
滚回去
周而复始

而我却总是
身处整个梦境的外边
那高高的上方
超人一般地

以不知是飞翔还是游泳的姿势
前行

谁能告诉我那里是天际吗？

2013－3－5　01:20

只能把眼睛睁得更大

既然
徒留诗歌
那就不用再悲切了

梦呓时
得忍住呻吟
更别提愤怒
我能做的
只是把眼睛睁得更大

谁不抑郁啊
可还是笑吧
微笑吧

从眼睛里往外笑

让我们一起去往天堂
攀岩

2013－3－5　01:51

说

西川说
伟大的诗歌需要伟大的读者

我说
边缘化的诗歌需要边缘化的作者
管他是边缘
还是被边缘

我早就说过
诗歌已死
诗人还在
其实也只能算是还在写的作者

诗人严力说
发不发表不是你的事
写不写是自己的决定

于是我说，我决定了

2013－3－7　03：23

如果突然

如果突然伤怀
那就各种开戒
撒欢
亦醉亦碎

如果突然凄惶
那就继续走吧
其实清清楚楚知道
走到哪里
都没着没落

如果突然憋屈
那就深夜呐喊

我歌我泣

如果突然抑郁
那就接着失眠接着死磕

2013－3－8　03:27

好吗

大雨如注
能否让死者瞑目

既近且远
既远且近
漂浮的错觉
式微的援手
难以为继的呼天抢地
最喜欢围观鄙薄阴谋论的同类
可不可以就此住口

汩汩渗过的
至少还有温热

就算仅仅是为了
让你们看我一眼
也别再凌厉地戳穿

好吗?

2013-3-11　02:59

释然开怀

梦里是黑白还是彩色我记不住牢
天上是冰冷还是温暖我摸不到
海那边是不是还是海
夜后面是不是还是夜

诗人未入眠
未眠人入诗
这诗也是歌
这歌就是诗

今天巴赫用平均律谱写旧约
明晚徐志摩和黑泽明各有各狂各有各的光亮
影子或长或短

春还未暖

花早已开

到底有什么还不能释然开怀的啊

2013-3-21　22:52

不明白清明

小时候问大人
清明为什么会在花开的春天
大人说这是二十四节气啊
自古以来
可不都是这样

花开满坡
雨落长河
乍暖还寒阴晴不定
四月天在人间
一个十年
又一个十年

其实直到现在
我依然没能明白二十四节气
更不明白花开的春天怎么就有了个突兀的清明

2013-4-1　13:27

数字

打小算术糟糕
对数字发怵
无论正方还是负面

这世上
最惊心动魄惨绝人寰波谲云诡瞠目结舌
莫过于冰冷而成串的
数字

2013－4－24　01:57

话　切换　各种色

话

总是从有话要说到没话找话
再到非说不可或者无话不说
只要别不说话

切换

从围脖转场微信
有一种广场音乐会和客厅沙龙间的切换感
从公共聒噪
滑至私通还是兼容
反正广场时冷时热
而在客厅的人已多得扎堆儿

颜色

草莓还是红色的
唾沫不一定是白色的
雨怎么成黑色的了
爱情早就不是蓝色的了

2013－5－2　01:14

照片

发了霉的照片
一张一张
全都黏在了一起
本来就已显得判若两人的面目
不是更狰狞
就是更模糊

现在有了太多储存保管的方法
电脑
手机
爱派
可你总得靠着家伙才能看见吧?

霉了至少还一张张地都在
家伙们坏了
丢了
黑了
毁了
偷了
就连念想也开始发霉了

2013－5－8　00：37

幻听

深宵的计程
兜兜转转
夜叉般穿梭在
这个其实多少还觉得陌生的
城池

哗哗的
近乎呼啸
像是久违的幻听
漫长得找不到出口

我如此不堪
却不知道哪里做错

于是不再打算冥思苦想

风突然停了
幻听也就随之停了

2013-5-21　00:16

我还是什么都看得见

一觉醒来
天黑如故
看不到半点光亮

遍地的熊熊烈火
也无法将这血色夜空
灼得通明
却一次次焚毁
微弱的
破碎的
命系一线的
希冀

除了继续下一觉
失眠而装作睡着
谁又能再做什么
只是闭上眼睛

我怎么还是什么都看得见

2013－6－8　02:28

太久

没注意是从哪天开始的
诗人们的名字一个个出现在了这里
从稀稀疏疏到熙熙攘攘

谁也不会想到
诗歌就这样悄悄
又多少有点突然地
重新变得热闹喧嚣了起来

自说自话般
自解自譬着
就这样回来了

其实本来就没有走开过
只是诗人怀揣诗歌
失魂落魄了
太久

2013－6－14　03：13

了然还是杳然

原来是音乐
影像
文字
还有那么多的舞台剧
波澜壮阔
波诡云谲
不让我们睡着

罗生门一次次回放
无人生还一次次重演
活着还是死去一次次诘问

惊呆的注定只有小伙伴们

因为老伙伴们早已作鸟兽散
无论了然
还是杳然

2013－8－27　02:45

九月

一直以为九月
是十二个月中最诗意的

蛙还在鸣
蝉还在叫
可这黑色天空下
夜莺的一声声悲啼
划破
刺中
击碎
所有的狂热激荡
和最后幻想

处女座的坏名声
来得如此无辜
从此很少有人再提九月
于是诗意也就这样
被荡然无存

黑吧
诟病吧
谁让我活在
这谙熟星座
却感受不到季节的
地方

2013－9－17　01:32

蔼

蔼
小时候知道的定义是
欢颜可亲
甚至慈祥

然后呢
茂盛繁密郁郁葱葱

一直到最后
才落脚到了
云气

可是今天

全部的注释只剩下了
两个字
癌
唉

2013 - 12 - 8　22:27

南非南非

夜里倒逆回去
西元倒逆回去
日照反转过来
南方反转过来

30 个小时不停歇路程
20 个小时不换气飞行
10 个小时不间断换乘

最天涯的赤脚大仙
最海角的钻石小姐
最黑的绿色茅屋
最白的红色酒庄

最曼德拉们

所有旅游的代言和发布
真的早该交给诗人了

2015 年 10 月 2 日　21:40

无以复加的沉溺

科恩
哥哥
周云蓬
越来越无法
自拔
对低声区无以复加的沉溺

顺着
那一把把
从来没有年轻过的风霜
踱过去
淌过去
终于

完全地

浸泡了我日渐枯竭的身躯

2012-3-3　15:39

自以为好长的一觉

自以为好长的一觉
突然醒来
我差点以为天已经亮了
其实黑夜且长着呢
甚至才开始不久

深水里还找得到吗
浓雾里还拨得开吗
昨天你真的睡过了吗
今晚你还会去唱歌吗

那就坐等吧
那就守望吧

那就顽强地过着吧

不去告老
也要闲云

2015 年 6 月 4 日　03:58

一切都不是我们的

太阳出来了
耳光过来了
一切充满虚拟感的现实都过来了

可太阳
耳光
一切
都不是我们的

我们要睡了
真的睡了

2010－1－28　04：06

奄奄一息的良知

我睡着了睁大眼睛
可就是不想事情
我醒来后行尸走肉
微明时醍醐灌顶

深夜孤寂的破镜子
迷乱闪烁
终于投射进铁窗
触摸到了我那失忆而彻骨的痛
还有奄奄一息的良知

2010－2－25　04:46

孤独的大床

从今以后
不再游移
老夫聊发的
怎么可能是少年狂
最后的迷乱
回头又岂止百年身

仓皇中
面目早已全非
徒留那张
孤独的大床

2010－8－7 凌晨

下一个受伤的方式

烙印
总是让人记住一些
你以为很重
但
其实注定没必要记住的事情

伤口会很快自愈
甚至早就选择了
切断
阻隔
曾经一再重复受过的
同样的伤

并且期期艾艾
下一个受伤的方式

2010 - 8 - 9　22:27

心就是拿来碎的

心碎了一地
还是听见心跳的声音
怎么找也找不着
找到了也捡不起来

我就贴着地听
微弱
或者剧烈
都真真切切

庆幸
自己的清醒
残酷真相之后

只是轻轻一句

碎了就碎了

心不就是拿来碎的吗?

2010-8-21　12:22

未来的未来

漆黑
你看不见现在的我
我看不见未来的未来

上路
梦游
晃悠着上路
晃悠着梦游

还是漆黑一片
你看见的不是我
我看见的不是未来的未来

2012－12－1　22：17

就这么坐着眯了半晚

好在
总算
终于
一下就有了睡意
毫无征兆
突如其来
势头凶得始料未及

不敢关掉所有照明
就让各种声像光亮
隐隐绰绰开着

你外头动静越响

咱这儿就越特么
充而不闻
视若没见
半叶就能障目

猫了个眯
就这么坐着眯了半晚

2012－2－18　10:27

写诗的时刻我是自由的

倦怠
潮水般席卷袭来
却再也无法褪尽
沉沉的
又岂止睡意而已

谁曾见谁的心
谁做过谁的梦
谁也不是谁的谁
谁又真的是谁

喧嚣到鼎沸之后
只有硕大的无依

如影随形

只有写诗的时刻
我才是自由的

2014－4－26　02:11

重大消息

这个夏天
欲热还凉

电影院里接踵而至的美国游戏大片之后
据说将要迎来
国产保护月

五星黯然熄灭
之后圣保罗人绝望地焚烧国旗

各种考试尘埃落定
之后分水岭重新迁移

重大消息终于传来之后
人们还在期待
更重大的消息

这个夏天
姗姗来迟
之后
我怎么觉得它根本还没真的到来

2014－7－10　00：07

朗朗乾坤

一不小心又是一夜倾盆
没关系
不是说阳光总在风雨后嘛

明媚日头睡醒
阴霾再来
不打紧
拨云散雾都还在广场上自嗨

一转身朗朗乾坤
一转身昭昭日月
天地在他心
江河入你梦

仿佛又如坐春风
明天会更好
我们的生活比蜜甜

2015 年 06 月 12 日　11:27

外三十三首

是不是

怎么说都是过
怎么做都是错
要是我不说不做
是不是就没有了过错？

什么梦都是虚
什么想都是空
要是我不梦不想
是不是就没有了虚空？

我过了错了

外三十三首

我不说不做
我虚了空了
我不梦不想

淘光了心
是不是就找不到自己

2011－9－12　09:42

你信不信

活着并活下去
一直只知道
是本能还是必须
这是个问题

爱情并爱到底
我也不清楚
是奢侈还是点缀
这让我无力

什么是活着
你信不信这是个奇迹
什么是爱情

你信不信都烧成灰烬

你活不活我反正活着
你信不信我反正信了

2011－8－1　12：52

情到深处惟伤感

我们没有在一起
我只是也喜欢上你
我没有和任何人在一起
我也从没有喜欢上自己

都说关心则乱
我说爱烦不烦
都说寂寞难耐
我说爱爱不爱

夜深了
万家灯火会失眠

天亮了

情到深处惟伤感

2011－3－4　23：55

自愈

所有的涅槃都来自于炼狱
每个人最后都将走出炼狱
所有的诀别都开始于欢愉
每个人最后都将回到欢愉
涅槃前曾炼狱
诀别后再欢愉
所有的苦难都会化为废墟
每个人最后都将走出废墟
所有的创伤都会不治而愈
每个人最后都将学会自愈
自愈在废墟中
在废墟中自愈

2015 年 1 月 20 日　20:41

围脖综合征

有人互粉
有人拉黑
这世界总是平衡

有时凡客
有时咆哮
但大多只是微勃

有多悲催
有多泪奔
敌不过河蟹拆那

有求真相

有求包养
真让人扯得蛋疼

有女文青们
有男叫兽
反正是绝逼装范儿

有木有啊
有木有
无非是各种伤不起

2011-7-8　01:49

谁是谁的谁

他是我的插页
我是你的选曲
你是另一个他的全部音乐和画面

她把我当皈依
我把你当收官
我只是你又一道垭口和驿站

谁是谁的主旋律
谁又是谁的完结篇
谁不是谁的路人甲乙丙丁
谁又不会是谁的下一朵匆匆浮云

2011－7－8　02：13

终于

我终于困下来了
天终于黑起来了
诗人终于睡着了
围观终于停止了
音乐终于依稀了
歌声终于黯然了
一切终于归零了

时差总是难拗的
代沟总是存在的
往事总是记不住的
未来总是靠不住的
影像总是自卑的

爱情总是自由的
你总是能自解自譬的

2010－8－21　05：10

一个人的

一个人出发
一个人回家
火车就算是全部的天涯

一个人狂喜
一个人啜泣
有谁知道自己的归期

一个人的旅途
一个人的脚步
会不会忘记你来时的路

一个人的行囊

一个人的

一个人的方向
大不了就死在路上

一个人的迷乱
一个人的了断
无人知晓我的落单

一个人的心情
一个人的飘零
每个人命中注定都是踽踽独行

2011-7-23　09:26

我并不指望成为你的唯一

迷离
摇曳
任凭我心悸
你依然避犹不及
我是你坚硬的壳
却还是无法阻止你向隅而泣

期艾
背弃
任由你躲闪
我还是站在原地
我是你柔软的夜
却依然不见你意乱情迷

我相信还有同声共气

我期待还有同船共渡

我只想走进你的内心

. 我并不指望成为你的唯一

2011－10－21　21：12

死不了

不要你对我笑
只是不要嘲笑
不要你对我俏
只是不要讥诮

我哪里不好
我没想和你吵
我要的太少
只要小小火苗

是你还是我太骄傲
竟然到头来没有一个拥抱
直到你以为我快要死了

你才会暗自狂乱地心跳

可惜我现在还在飘摇
居然不曾死掉
没死了
死不了

2010－11－1　22：10

最后的梦田

我已记不得你掌心的痣
但我却记得你暗夜的诗；
我已看不见你扭过的脸
但我却看见你折断的翅

别说你是我的一页书中签
其实你是我最痛的那根心中刺；
别说你是我的一朵锦上花
其实你是我最美的那株水上莲

我知道自己醒来得太迟
所以我才成了你最老的枯枝；

我知道自己习惯了失眠
所以你才成了我最后的梦田

2011-11-3　23:54

到底要怎样

透支
你就透它个底儿掉
别这样不活半死
捱着
喘着
干耗至死

垮塌
你就他妈的玩完
别这样半傻不痴
绷着
挺着
痴狂到癫

我心非口是
我貌合神离
我寝食难安
我昼夜不眠

怎么说都是过
怎么做都是错
到底要怎样才能到此为止
到底要怎样才能重见天日

怎么想都是烦
怎么看都是乱
到底要怎样才能不再纷繁
到底要怎样才能不再腐烂

2011－11－12　20:59

我知道

一次又一次登高望你
你不在
你依然不在
这里到那里
是一种什么样的等待

一次又一次原地看你
你不在
你还是不在
期期又艾艾
是一种什么样的悲哀

我知道我正持续衰败

我知道你有遥远未来
我知道人去了无法重来
我知道花谢了还会再开

2011－11－15　01:39

但我依然会在黎明前歌唱

卡带了
断片了
偃旗息鼓
就这样消失了

停电了
关机了
无声无影了
就这样蒸发了

纵然仍有悲伤苦涩
我不会再这样心如刀割
纵然仍有不安忐忑

我不会再这样辗转反侧

但我依然会天天等到看见夜色
但我依然会夜夜等到盼来天明
但我依然会在深夜喝酒
但我依然会在黎明前唱歌

2011-12-21　05:03

给孩子的生日歌

布鲁斯弥漫着忧伤
口琴声飘忽着悠扬
海上月散落着空荡
冬日风晾晒着荒凉

你还是一个孩子
是一个满以为自己早就已经长大的孩子
你就是一个孩子
是一个希望别人都相信你已经长大的孩子

明天
是你的生日
明天

是你的仪式
明天
会坐等一些礼物
明天
会坐拥太多祝福

2011－12－27　16:26

给你的

是要有多锋利的刀
才能把我生生解剖
是要有多淋漓的血
才能使我汩汩倾泻
是要有多汹涌的浪
才能让我的心从此放弃抵挡
是要有多沸腾的热
才能将我的泪就此不再干涸

别再让我把心底的刺
尽根拔出
别再让我把梦中的谜
合盘托出

我的血有多热
你懂得
我的泪有多涩
你尝了

那就让我再唱这首离别歌
尽管我不知何时才能与你重逢
那就让我再唱这首重逢歌
虽然我知道从未真的与你离别

2011－12－28　07：22

让我为你彻夜回响

夜那么长
却还是看不见星光
天没光亮
却还是找不到导航
人未入眠
却还是睁不开双眼
泪已成行
却还是结不成冰霜

让暖流徜徉
让寒意涤荡
让热泪滂沱
让冷风激昂

让我为你纵情歌唱
让我为你肆意汪洋
让我为你灯火辉煌
让我为你彻夜回响

2012-9-20 09:31

戛然而止的冬天

戛然而止的
除了期许
还有那天晚上没有唱成的歌
轰然坍塌的
除了美好
还有那天晚上没有喝完的酒
眼里闪烁着惊蛰
梦里徜徉着饥渴
我看见你的背影已经萧瑟
我知道你的心灵还未干涸

告诉我
这个冬天究竟是不是寒冷

告诉我
这个冬天到底有没有灼热

2012 - 1 - 24　15:47

不要让我看不到你

不要让我看不到你
这地方已经太纷扰
不要让我听不到你
这地方已经太吵闹
不要让我找寻不到你
这世界大到没有边界底线
不要让我感觉不到你
这世界小到能触碰到心跳

不要让我看不到听不到找寻不到感觉不到你

2012－4－30　17：33

时光

汗
淋漓地淌
却丝毫也感觉不到
半点暖

雨
淅沥地洒
却片刻都浸润得出
一分怅

时光难捱
时光不再
时光是少年单薄的胸膛

时光是老人孤独的泪光

时光荏苒
时光流转
时光是短促的断肠
时光是永远的流浪

2012－5－30　22:11

最后

人来人往
熙熙攘攘
我思我在
阑阑珊珊
无心伤害
有情灌溉
过去怅惘
未来回响

划过黑夜的不止闪电
还有极光
驱散阴霾的除了太阳
还有月亮

每一次错失

全都是车站里过站的最后一班地铁

每一次绽开

却只是生命中过客的最后一次怒放

2012-6-10　18:57

蔓

到底有没有那面重现的镜子
让我拼出那张支离破碎的脸
到底有没有那道坚硬的门槛
让我扯断那条牵丝扳藤的蔓

未来已是不远的遥远
过去还是遥远的不远
永远能有多远
多远才能永远

到底有没有那幅久违的照片
让我想起那张淡出记忆的脸

到底有没有那束柔软的灯光
让我看到那条埋在心底的蔓

2013－4－16　21:34

无法

心那么烦
意那么乱
天那么闷
我却没有流汗

无法给自己一个答案
只能给自己一个期盼
无法给自己一个交代
只能给自己一声轻叹

道那么远
路那么难
夜那么暗

我已习惯阑珊

无法给自己一个诺言
只能给自己一个纪念
无法给自己一个未来
只能给自己一声呼唤

2013－6－16　20:46

再见夏天

夏天总有流不光的汗水
蒸发掉流不出的泪水
夏天曾有两个月的假期
足够将所有的青春挥霍
夏天总有的难熬天气
让人辗转反侧却了无睡意
夏天曾有的苦涩滋味
足够用蹉跎的岁月回味

流淌的是汗水
蒸发的是泪水
一去不回的是假期
一直不老的是回忆

再见
夏天
夏天
再见

2013－7－13　12:33

依然是从前

你看不见我的眼睛
我看不见你的心
来又复去
行色匆匆之间
连背影
都看不真切

我听不清你的声音
你听不清我的心
去而复返
风雨兼程之夜
连嘶喊
都听不真切

千山万水之后
依然是从前

2010-8-9　17:01

晚睡早起流泪微笑

晚睡居然早起
不见恍惚迷离
看着有多矍铄抖擞
只管一个人兀自郁悒

困倦尚存一息
心中仍有戚戚
听那过气的老歌手
重出江湖的自怨自艾

当年风发意气
如今各自天地
捡起所有完美碎片

忘却彼此的今夕何夕

喝了酒心狂跳
唱首歌任咆哮
天亮了还没有沉睡
在黑暗中我流泪微笑

2014－4－9　12:50

表情

谁告诉我的
表情
是多棱镜
哈哈镜
是放大镜
还是显微镜
到底是谁说的
说的是什么镜
我早已忘记

我只知道
表情
是伤不起的伤

是有木有的木
是你遮不掉的疤痕
是我冒不完的傻气
是各种装不完的装
可岁月啊我究竟装不过你的严酷
擦掉的惟有乖戾

2011-8-18　20:02

是这样的

茶是泡成的
茶香是品出来的
酒是酿成的
酒量是干出来的
风是云飘来的
风霜是扛过来的
黑是白带来的
黑夜是熬过来的

我是这样变老的
我们是这样虚度的

你是这样走远了
你们是这样长大了

2013－7－31　02：33

一掷孤注

心无旁骛
哪怕风餐露宿
咀嚼孤独
天涯何须归途

尊严没有退路
遥想关山飞渡
盛宴当众孤独
散场一掷孤注

2013－11－27　03:39

总有人

2015年1月31日 10:45

总有人挺立潮头
总有人随波逐流
总有人不合时宜
总有人罔顾左右
总有人四处晃悠
总有人哪也不走
总有人始终忧患
总有人借醉消愁

让关山飞渡

2015 年 1 月 23 日　05:01

距离产生美丽
失眠催生无依
曾经叫人着迷
失去令人珍惜

痛苦终会依稀
青春终将远离
回忆依旧心悸
未来依然希冀

让相爱化解恩怨
让泪水荡涤尘埃
让鸿沟填就平川
让关山飞渡彼岸

青春永不散场

2014 年 9 月 7 日

有花儿的地方
才会花开不败
有风起的日子
才会风轻云淡
有年轻的脸庞
才会充满期待
有不老的梦想
才会创造未来

有潮汐的往返
就会等候澎湃
有雨雾的变幻
就会渴望灿烂

有年轻的脸庞
就会实现期待
有不老的梦想
就会相信未来

青春哪怕不再闪亮
青春哪怕不再飞扬
青春依然不会落幕
青春依然永不散场

所有的少年都还来不及老去

（一）家的窗口

拆得只剩下
这最后一栋了
藏在叶子都已经几乎掉光的老树后面
形单影只
形销骨立

楼下再也没有嬉闹的托儿所
那时候礼拜天我们总要翻墙进去
因为只有在那儿
我们才可以看见
家的窗口

2015 - 12 - 15

(二)几辈子的童年

前门外头是个捡煤渣的废址
我们爬过破窗子振臂高呼
消灭法西斯自由属于人民
克隆着地下游击队,还有战斗的早晨

后门拐弯的大桶里盛着人人觉得好喝的冷饮水
我们拿着印有领袖头像的搪瓷茶缸
或者神气地掏出当时还不是家家都有的军用水壶
如获至宝地灌满一杯杯一壶壶的玉液琼浆

放学后到天黑的时间特别的长
长到我们好像在一起度过了几辈子的童年

乘凉总是从808案件虹桥公墓有个老头开始
总把我们吓得沿着没有路灯的走廊摸黑逃回家去

早晨必须是一帮一伙结伴去上学
队伍游行似的浩浩荡荡占满了从大院到乡间的
半条马路

2015-12-18 01:46

（三）两个电影院

电影院
一个在一食堂
一个在江边营房

放映前长短板凳高低竹椅大小马扎
拼命般破门冲杀进来
八一军徽闪耀军歌嘹亮的片头下
满食堂飘着大排和袜底酥的香味儿
我们在银幕上的好人坏人说出台词之前抢答
声势浩大一如现在的歌星演唱会万人卡拉 OK

大院里悬挂的黑边白布
会随着阵阵袭来的江风
左右前后的摇摆舞蹈
打蚊子的蒲扇声
和着远处江心驳船的笛鸣，身边阡陌田间的蛙鸣
共鸣混响

跑片未到的时候
炸开锅的我们沸反盈天，开始打游击的套路
重新放映后的一刻

我们骑在营房的墙上，我们跑到银幕的反面
继续集体复习
几乎全部背得下来的儿时电影教科书

这就是我们儿时的电影院
永远不会消失的天堂电影院

2015－12－19　00：06

（四）美化的记忆

嘭，巨响来临前的那一霎
爆米花老头一声吆喝
他们大孩子勇士般蜂拥而上
我们小孩子捂着耳朵躲得远远的
那股浓烈的味道随着硝烟飘过来
至今还香气四溢

我总爱把刚爆好的米花
一粒一粒地数好
倒进盛着开水的茶缸
吹着热气，一小口一小口地喝

姐姐更喜欢吃年糕片
把各式各样形状的
摊开来一字排开
先吃难看的,再吃好看的

我们那会儿当然不知道这些东西
有铅有污染,还严重扰民
一如现在的孩子们不会去想
哈力克究竟有多少香精和色素

童年其实并没有真的那么美好
但关于童年的记忆总被自己美化得很好
因了记忆的美化
童年所在的任何年代
也就随之都变得美好了起来

2015 - 12 - 29　02:02

(五) 熏陶

土黄面的六六粉,打气筒般的滴滴涕
蚊子不一定都被熏死
人通通被熏在了外头

乘凉回来漆黑一片的楼道味儿还是好大
一夏天差不多得有个这样的三大战役
可纱窗纱门蚊帐蚊香四大件
还是一个也不能少

窗外的麦田稻田里
一堆一堆的秸秆和杂草，火焰熊熊
春秋烧荒成了常规景点
透过大院围墙
飘洒进整个托儿所
和住在托儿所楼上的我们
氤氲其间早就习以为常

四季不断冬天最旺的煤炉
其实也只是每周一次礼拜天才生火做饭
可好多次把人都快呛死逼疯了
还是静悄悄的没戏
有时候也会在旁边帮着大人扇扇子搓煤球
当然更多是过年闻着香味垂涎欲滴的我们

等着父母熬的猪油，包的蛋饺，出锅尝鲜
在各种气味儿的熏陶下

我们呆愣愣活泼泼地茁壮成长，长大成材
权当是为而今这些雾霾尾气地沟油打的疫苗
我们的中老年还将继续少年进行时
百毒不侵，向死而生

2016-01-02　10:56

（六）小卖部和医务室

那曾是我们特爱去的地方
用一大块儿湿毛巾严严实实包着捂着
一堆断冰棍儿断雪糕
一溜小跑满头大汗回家
可常常还是有几根化了，心疼得不行
拼命舔上几口没化完的，算是止损
偶尔爸妈会开恩
买瓶鲜橘汁，每次喝拿水来兑
一瓶是要喝好多好多日子的
哪像现在的孩子们踢球 K 歌吃火锅
可乐雪碧运动饮料一箱一喝

那曾是我们最不愿去的地方
被大人们拽着逼着，当然也有哄着

昏昏沉沉迷迷瞪瞪
张开小嘴，挽起袖子，撅起屁股
乖乖地听命摆布
然后萌呆问：阿姨，针打得轻一点好吗
几乎每一个孩子都那么勇敢坚强
没有一个会像现在的孩子一样哭闹
因为我们长大也都要做解放军的

小卖部和医务室差不多是挨着的
从医务室出来要经过小卖部
爸爸总是会说，表现不错
老规矩还是奖励你买点爱吃的
是要七分的还是一毛一的咖啡茶呢
我回答都好
其实我想要那盒画着大虾的龙虾片呢

2016-01-10　12：19

（七）理发师和照相师

笑得眯缝成一条线的老头儿在门口候着
小冲又来了，今天给你吃粒粽子糖
不过要给爷爷再唱一段杨子荣

酷帅但已是两个女儿她爹的小伙子
二话不说白围单麻利围好
老规矩，长一点的板刷对吧
发型跟四十多年后的今天的我一模一样

理发店里有好多一面面正反两面的镜子
老旧太师椅上再搁一个小板凳
我端坐着唱消灭座山雕人民得解放
镜子后面有爸爸好多张笑吟吟的脸
正忙着给师傅们递飞马牌香烟
他们的乡下孩子趴着窗口往里看
至今不知道他们为什么不进屋

现在想来，那会儿要就有自拍该多好
别做梦了，当时几乎没有一家有相机
我和姐姐留下的这么多影像
全仗我那做发烧友晚婚的老叔
他脖子上神气活现地挂着大海鸥
谁都不让碰一下
当年每次从新安江水电站来荒岛
是我们全家最大的节日
可惜这些照片和他的大小主人公一样

早就黑白斑驳面目模糊
怎么也看不真切
照相师也早就衰迈得只剩下选择性记忆

好在物件一一还在，总是个念想
可理发店和师傅们
谁能告诉我，你们去哪儿了吗？

2016-01-15　09:35

（八）柯湘头

那群高个儿技校生飘过的时候
女孩子拽住了妈妈的衣角
这就是柯湘头
妈，您也帮我弄个这样的柯湘头吧

这下面弯弯的咋弄嘛
要被人说资产阶级思想的
我不敢啊，孩子

拿火钳啊，那谁谁谁都在学着弄呢
当着小孩儿面污蔑无产阶级革命样板戏

老同志您怎么有点反动啊

死丫头，管你妈叫老同志还乱扣帽子
过年不给你做好看的花棉袄了

我过年啥都不要，都给弟弟妹妹吧
我就要这个有刘海有发卷儿的柯湘头

打小留到现在的长头发
绞了不可惜吗
你以前喜欢李铁梅大辫子
现在喜欢柯湘头
那以后要再喜欢别的呢
头摇得拨浪鼓一般
眼神坚定，目光如炬
犹如现在砸锅卖铁也要去韩国
旧貌换新颜的美眉们：
过去喜欢过我早够本了
以后的事儿不想拉倒
我现在最想要的就是

2016－01－16　23：37

（九）活在我全部的箱底

爸爸给我的礼物，不是小人书就是六面画
妈妈教我的歌，歌本中间是被工宣队撕掉过的
姐姐那些夹在封面印有语录的练习本里的糖纸
和那令我一度趾高气昂的 108 张水浒扑克牌
一夜之间突然就全都灰飞烟灭

因为爸爸开家庭会议宣布：
一个时代终于结束了
你们不用再学琴、蹲班和下乡了
当然你们以后也不再需要这些
你们会有更多更喜欢的东西

妈妈说还有好多歌本上没有但更好听的外国歌
以后应该都可以解放的
其实灯光小杜鹃哎呦妈妈
您在蚊帐里赶蚊子时唱的封资修摇篮曲
早在我心里的解放区扎下了根

爸爸早就记不得满楼道追着往死里打我的情形
妈妈不知何故似乎也不愿再回忆儿时那些画面
可姐姐，你还记得我们央求父亲

刀下留人的最后一摞小人书吗
她灰头土脸却双目炯炯
依然鲜亮地活在我全部的箱底里

2015－12－30　01:47

（十）这一别就是从少年到白头

军代表的
老师傅的
托儿所阿姨的
走资派的
更多是臭老九的
儿女们齐刷刷一列纵队
在黄昏里夕阳下老鹰捉小鸡
或者一网不捞鱼二网去打鱼

川普的
天津味儿的
广东腔的
吴侬软语的
东北大嗓门的
爸妈们在窗口次第探出头来

然后拷贝不走样一路圣旨传来：
你妈让你回家吃饭
这也只是礼拜天才有的专属特权
其余极其漫长的六天
下午好像都不怎么上学
我们变着法儿地想辙玩儿
清一色的 dIy
那三栋硕果仅存的工房里里外外
哪个犄角旮旯都是我们的游乐场
在这唯一的欢乐谷里
天天举行着创新大赛

打水打饭打酱油
打架打到楼梯口
挂着钥匙我各家走
筒子楼里尽朝晖
我们怎么就能那么不给阳光也灿烂的呢

当晚上八点半拉线广播突然响起来的时候
我们顷刻间作鸟兽散
撒丫子就跑东奔西突慌不择路
每一层楼梯脚步声震天动地

因为只要《国际歌》的音乐一结束
政治学习晚归的父母就要回来了
我们若无其事地迎接大人们回家
就像后来我们若无其事地随着大人们搬家
可是我们万万也不会想到
这一别就是
从少年到白头

2015－12－26　00:30

（十一）那时候

那时候没有霾，只有雾
那时候没有钱，只有票，
那时候没有霓虹，只有星星
那时候没有电脑，只有游戏
那时候没有邮件，只有鸿雁
那时候没有亲戚，只有邻居
那时候没有厨房，只有水房
那时候没有补习班，只有向阳院
那时候没有大卖场，只有小卖部
那时候没有伯父伯母，只有叔叔阿姨
那时候没有居民小区，只有部队大院

那时候觉得荒岛中唯一的一条公路好长
每一次放学回来都把我们累得中途歇息在
干枯的乡间草垛里
废弃的工事碉堡口

可三十年好短
让所有的少年都还来不及老去

2015－12－21　23:24

几个意思

谁对谁很感冒
谁对谁很不感冒
就像好热闹与好不热闹
原来都可以是一个意思

就像说瞧你那傻样
就像说就你最讨厌
就像说我真想去敬老院
就像说我真不喜欢孩子
就像说女人红颜祸水

就像说活着真没意思

嘴上说的一套
手中做的是一套
心里想的又是另外一套
没人知道到底是几个意思

2016－01－13　23:05

图书在版编目(CIP)数据

在那个年代/舒冲著. —上海:上海三联书店,2016.8 重印
ISBN 978 - 7 - 5426 - 5575 - 2

Ⅰ. ①在… Ⅱ. ①舒… Ⅲ. ①诗集－中国－当代
Ⅳ. ①I227

中国版本图书馆 CIP 数据核字(2016)第 101582 号

在那个年代

著　　者 / 舒　冲
责任编辑 / 殷亚平
装帧设计 / 周剑峰
监　　制 / 李　敏
责任校对 / 张大伟

出版发行 / 上海三联书店
(201199)中国上海市都市路 4855 号 2 座 10 楼
网　　址 / www.sjpc1932.com
邮购电话 / 021 - 22895557
印　　刷 / 上海师范大学印刷厂

版　　次 / 2016 年 6 月第 1 版
印　　次 / 2016 年 8 月第 2 次印刷
开　　本 / 787×1092　1/32
字　　数 / 200 千字
印　　张 / 12
书　　号 / ISBN 978 - 7 - 5426 - 5575 - 2/I・1132
定　　价 / 36.00 元